# 緣起緣滅

陳綺——著

# 序

天色在我們背後
滑落餘燼
青春已倉皇轉身

人生總是有
帶不走的遺憾
希望總是錯過
我們要追尋的夢想

在一片自由的
海闊天空
所有的點點滴滴
只是一連串的過程

花開後本來就有
太多不成對
我們都信仰
微笑的星星
與天地同在的安分

一首無人能解讀的
人牛詩篇
因為信仰
因為夢想而偉大

我們已學會適應
如何度過
所有的災難與
如何迎接
所有的美好
偶爾撤除悲傷的夢境
讓嶄新的生命
佔去所有困頓的緘默

我們將不該憶起的心事
遺落在過往
寂寞不需要佔據
我們所需的
時間與空間

讓所有不完美的遭遇

在夢境的缺口

低調滑翔


記得彼此離去的模樣

在生與死之間擁抱

堅強的勇氣


時光不停穿梭於

離開或消失的

每　　人


命運中所有的

緣起緣滅

都已預定


而昨日未完成的故事

努力理解

該如何出發與抵達

世界依舊保持著
適合嚮往的天堂

在瞬逝的時間裡
日昇與日落
無條件接受
我們一起度過的
茫然人生


陳綺
寫於二〇一四年炎夏

# 目次

# 卷二 | 片斷

# 緣起緣滅

# 抓緊

……記憶中的跌碎事終將被往事抓緊

不曾

得到的

不曾

給予的

我們總是

無比的

留戀

窗外的

風景

依舊

浮浮沉沉

我們用

殘存的

記憶

抓緊往事

# 懺悔

有一種
美好是
會消失的
例如青春

你的剪影
在消失不見底的
夢境

如果今世
我能完整地描述
你深鎖的
心事

上帝將接受

我種種的

懺悔

# 磨損的記憶

……陽光將記憶燃成連夢也無法留下

這世界

沒有太多的

紛擾

人們只是

它不小心

遺忘了的影像


有一天

遙遠的思念

終將成為

已磨損的

記憶

# 美好的

美好的
一個午后
無預警
下起了
美好的
一場雨

我和
我美好的
心事
走在
美好的
街上

# 等待

……用生命的等待等候願希望接近無限

固守的愛

需要

思念

來療傷

天使

是否

降臨過

已被

遺忘的樂園

沒有人
選擇
將預言焚燒

月光與
河流
一同等待
雨季的到來

# 學會

……重新來過的夢想是粉色系的

過重的

黑暗

穿過一座

彩色的

夢境

世界

仍然是

適合

嚮往的天堂

我也在

這裡學會

如何迎接

過去與

未來之中

偶發事件

# 遠方

……給遠方不知名的陌生人

想像你

在我

夢境的

遠方

我此生與

此命

是你

早已棄守了的

沉重

你擅於留下
蜿蜒的思念
可供我
紀念與回憶

# 兩個人的世界

⋯⋯真愛無需偽裝兩個人的世界只有彼此
　　沒有其他

兩個人的

世界

總是

想著

彼此的繾綣

我將緊緊

不離棄你

請以

永恆的告白

遮覆我

傷痕累累的愛


我將退去

所有的偽裝

接受你

美麗的

懲罰

# 抵達

故事
已注定

放下
萬般
不願意的
完美結局

終將一日
你會抵達
我長眠的
地方

# 負荷

想像著你
我屬於
你的永恆
不屬於
你肩上的負荷

# 原地

……命運始終掌握著緣起與緣滅

我們

淪為

愛情的

孤兒

往事在

時間的

表框裡

命運中

所有的

曲折

都已預定

我們沒有

錯身

只是

彼此留在

原地

# 放手

……你我的世界都有些悲傷那是生命的必然

我們的緣

沒有

其他可能


記憶

裝滿

整個

未來的思念


愛在

夢的遠行中

已將我們

放手

# 青春

作了
一場
很深的
夢境

才發現
我們是
多麼
遙遠的距離

# 愛

沒有
絕望之後的
傷感

你和
世界一樣
多彩又燦爛

# 沉淪

愛情裡
沒有
憂傷的詩句

等待在
最深的
思念裡沉淪

# 一場夢

我們是

一場夢

蒼茫地存在


時間與空間

容不下我們

滴滴憂傷的淚


愛

沒有理由

將為我們停留

有一天
我們將到達
光明的遠方

那些美好的情節
成為我們虔誠的信仰

儘管我們
始終惦念著
結局的故事
已拉下
永恆的帷幕

# 兩難

你踩著的是
不屬於
你的步伐

而我總是
作著
失控的夢

# 停滯

……外面的世界陽光很燦爛
　而真實的謊言哪裡都到不了


有些回憶

漸漸被遺忘


有些夢想

漸漸變真實


有些傷痕

無法再癒合


有些愛

被停滯在困境中

# 無路

思念如一首
不具名的詩篇

淚水澆灌
哀傷的謊言

愛
從南方星雲落下

死亡存在
日子的截角

那些過去
已走到無路

# 現形

透過
精短的詩行
喚醒一場
來不及
發生的
故事

直到
我們的
山盟海誓
——現形

# 往事

時間與
空間
佈滿了
枯黃的
心願

帶著
傷痕的雨
下個不停

寂寞佔據

一步步

逼近的思念


情與淚

深醉在

不堪回首的

往事

# 牽動
……獻給雙親

在流浪者的
棲息地
我還在
漫漫度過

你沒能帶走的
也無法說出口的話語
繼續尋找
歸鄉之路

紛紛擾擾的
世界
從沒接受
我們的等待

你一生的愛

如同

我一生的心念

層層牽動著

無可抗拒的宿命


時光

不停穿梭於

離開或消失的

每一天


那些夢想與希望

無法預期的速度遠離

而我們

永遠是彼此身邊的人

# 如果我們無法相遇

如果

我們

無法相遇


在難以想像的

距離

寫彼此的情話


用年輪

匯聚

每一段回憶

等前世今生

等滅不盡的緣

等遲來的愛

意外的擦身

# 相思花

我曾以
凋零的方式
落地於此

你的存在是
我最穩固的依靠

# 關於一生的等待

愛
在我們的
詩句裡
久久悲傷著

花的芬芳
忘了帶走
難以細述的情話

關於
一生的等待
就收藏在
鐵鏽的夢裡

# 未知

我們接受

不期然的相遇


在城市邊緣

我們學會迷路


擦肩的人龍裡

有我們

無法抹滅的記憶


就算未來

仍然是無數個

未知的明天

# 希望

你是回憶
你是夢想

春天裡
未曾開過的花

月光來到的
每一個夜晚
我們靠近即遙遠

# 敘事

思念是

無法傾訴的負荷


隱藏在

謊言裡的秘密

終究會變成

傷痛


在瞬逝的

時間裡

讓我們的

構成

成為一種

敘事

# 造訪

終有

一日

棲身在

真實世界裡的

永恆

以美麗的印記

造訪

我們的夢境

# 沉甸

……歲月慢慢沖淡許多的傷痛

時間在

進行中

理解

傷與殤

童話故事的

結局

尚未被拆封

誓言留在

日益漫患的

思念

碎在

沙灘上的浪花

在夜色的懷抱


往事如

我們不得不的

傷痕


一首詩的寂靜

將歲月

慢慢沉匃

# 中斷

……相遇總為了別離心底留下的是緣起緣滅
　的刻痕

消失的回憶
在時間的
懸崖

冬天在
某個黃昏
流放
斑駁的思緒
徘徊不去的
風風雨雨

人生的方向
無可預期的發生
無可預期的結束

# 倖存

世界的時鐘
轉的太快
來不及懷抱
來不及夢想

該去追隨的日子
在个確定的
未來流竄

留下或離去
一樣困難
我們都倖存在
這樣的世界裡

# 昨日時光

夢在
字裡行間
穿梭

思念
被詮釋成
溫熱的淚

一個故事
井然有序地存在
詩裡

屬於我們的

時光

停留在

忘了撕去的

昨日

# 錯過

深深淺淺的
一句話
恰似
千年不變的等候

散落的思念
蜿蜒如
不見深處的
遙遠

我們在

某一個

愛情的過程

錯過了

一落落的

千言萬語

# 重返

我特意重返
我們的曾經

寒顫不已的
思念
漫漫茁壯

往事消散於
來時的路

未醒的昨日
只是一幕幕
從前的
似幻似真

我們
遺失的情話
在時間之外

撕去
一頁頁
等待
填滿的空白

被祝福
或哀悼
我們再也
無法回到最初

# 逝

……生命中最豐富的是沿途美麗的風光


憶不起
我們
已多少年份

我們所等待的
小小愛
在夢土之上
行了又停

每一個
我們歡笑的
場面
回到了
現實的邊界

星辰

織成的夜

嘗不出

寒雪的味道


我們沿著

蒼白的夜色

把空虛寫在

日曆裡

# 緣起緣滅

天色在
我們背後
滑落餘燼

青春已
倉皇轉身

命運
不過是一場
突如其來的發生

每一個希望裡

除了自己

沒有什麼

可以失去的心願


最初與最終

垂視

季節的風


緣起緣滅

斷然離棄

下一場輪迴

歲月記錄

百轉千迴的

前世今生


每一個

有故事的人

努力理解

該如何

出發與抵達


事物的秩序

空洞的靈魂

安全離開

來不及

告別的最初

歷史在鐘聲裡

走回過去的路


神說

在不停

傳播與擴散的

傳誦裡

我們將

再次相遇


所有的潮浪

留下

一瞬間的夢

生命在
暗處
渴望著
持續前進

故事中的
每一段細節
每一個
明天以後
將會消失

日落與日升

無條件

接受

我們曾經

一起度過的

茫然人生

# 美好時光

……放任一點情感每一個未來往往都變成了
色彩

星星
尚未醒來

流離的故事
聚攏在
雪白的
宣紙上

無盡的天地
喚醒時光的美好

這世界
已允許我們相愛

我們將在
愛與夢想之間
感到溫暖

# 痕

每一個可能
只是某個過程

已不復見了的
往事
一路路的重疊

乾涸無語的
悲傷裡
有我們
愛過的痕跡

# 各自

……在愛情裡加一點色彩讓人生不要有太多
　　的空白


用色彩的幻境

寫下

一筆筆

我們共同的

回憶


未來

消失在

最近的一瞬


雨後的夜晚

我們將

各自擁有

透亮的夢境

# 情書

風和日曆的
日子
溫柔的空氣
散發出
安然與簡單

將所有的
心事
往天空擱置
寫給玫瑰
一封情書

# 魔法愛情

……我們總希望自己也能擁有一本幸福的劇本

製造一個相遇
寫甜美的語言

緣起緣滅是
無關要緊的謊言

讓一整個城市
一整個四季
永恆席座於
魔法中的愛情

# 曲折

美麗的故事
總是以
最曲折的
途徑抵達

愛情在
夢的路口
迷迷糊糊地醒著

無法翻閱的是
過往時空遺留下的
悔與恨

下一秒的

路程

或許有

不同的氣候


所幸

天與地

未封鎖

我們最終的命運

# 未知的方向

……任性天涯盡情海角要完成夢想
還是得靠自己努力成全


時間

來來往往


遠離

或者抵達

思考著

移動著

多種

我害怕的預期

城市在
自己的眼前
不斷更迭

漾漾的
夢海裡
潛伏著的是
每個未知的方向

# 旅行的句點

……如果能準確地掌握離別的時刻
　　那麼憶起你而引起的嘆息請停止悲傷吧！


為旅行的

句點

祝禱


愛情中

某些儀式

正悄悄進行


曾經的時間

已佈滿了

心碎的詩

願精靈們

繁複編造的

童話

不經意

擦身過

你我


在風裡

在暮色裡

我們將留下

最感動的

那段故事

# 心中的永恆

一座城市
在落日的懷裡

日子
填不滿
所有
破敗的殘缺

每一個
稱做故事的
都擁有
現實與虛幻的邊緣

默默
擦肩而去的
歲月裡
有我
日日收藏的
心中的永恆

卷二

片斷

一

思念的寒氣
屢屢逼近
微弱的呼喚
在曲折深處

心事拼湊
殘存的片斷
遠方已成荒蕪
昨日不停重覆
最後一場故事
來不及發生

二

生命如
已成冊的詩篇
回憶隨著
無數個糾結的夢境
隨逸而去

花開花落的情緒
還在學會
如何遠離
沉默的對白

# 三

當青春
快速飛離歲月
也無法逃脫
更複雜引力的愛情

# 四

夢想一場又一場
完美遠離
在未知與未知
我們不再許下願望
讓時間輕輕去爬
反正沒有人去追溯
我們疲憊的步伐

# 五

相遇總是
那麼刻意的延遲
愛來不及記牢
我們的真相
已走過的旅程
找不回
詩句裡的悲傷

# 六

牽手又放手
愛到不能愛

感情的洪流
一再上演
痛苦與災亂

# 七

蔓草與荒煙蜿蜒著

默默褪去的記憶


我們用

相同的節奏

讀誦

思念的殘骸

# 八

想念
讓我們學會等候
即便需要很漫長的時間

# 九

所有的角色

被否定之後

再也沒有

時間與空間的距離

# 十

時間
無情穿梭於
人生的每一條道路

微醺的暮色
裝滿我們
無法飛翔的心願

# 十一

聽風彈奏出
生命最古老的樂音

把誓言留在輪迴
前世已繁華落盡

心的愛夢的飛翔
原是無法破解的迷底

# 十二

回憶
隨時摺皺時間
每一個夢境的細節有著
每一段故事的開始與結束

# 十三

日光穿透窗櫺
微酸的思念佈滿了
跳躍的音符

閃亮的秋天深情接受
愛另一全新開始的降臨

# 十四

夏日的午后
心靈的律動
在城市漫遊

一片黃葉看盡
陽光與月色
已緩緩飄落

# 十五

季節的碎片
緩緩漂落在
時間的街角

眼淚其實
藏不住
太多的傷

旅途需要
不斷書寫
才能重新起程

前世
許下的誓言
沒有愛情的
悲歌

我們牽著
彼此的手
夢
遺失了
每 一個夜晚

# 十六

不再輕言

愛與不愛

負傷的淚滴

尾隨著

失去蹤跡的步伐

# 十七

不再有夢的夜裡

我們已錯身

各種浪漫

各種滿心期待的嚮往

# 十八

黑夜如

久已失連的愛情

帶著滄桑

帶著沒有開始沒有結束的道別

# 十九

我終於離你而去
我們的相遇
從此跟隨著
逐漸退化的生命

# 二十

風都靜止了
春天的顏色
神采依舊

愛
從此扎根

# 二十一

世界的
旋轉和樣態依然

在各自的天空
我們則是
不斷上演的劇本

# 二十二

時間是寫滿
不忍刪去的記憶

生命的盡頭
輕輕舞動著
我們的年老還有黃昏

# 二十三

美麗的風景依舊
儘管
我們奔跑向前方
我們依然在
夢想的旅途上

# 二十四

開始與結束

分分秒秒

走出又停滯

從人們巨怕的摧毀到

沒有微光只有無語的日常

# 二十五

鬆開夢的枷鎖

展開另一段未知

讓缺了角的行囊

回歸最初

所有可能的劇情

從此有了自己的結局

# 二十六

生活中

每一個夢想

都是每一個

未知的旅程


關於這世界

關於我們

錯綜複雜的存在

全是無法觸及的答案

# 二十七

褪去所有
用一句情話
換一句誓言
讓愛不斷膨脹

# 二十八

在日常裡
幸福
可以重覆渴望

真相的過程
總是無法解釋

在日常裡
日子
只是過下去而已

一則神話

圈住

我們到達的

距離


時間之外

轉瞬都是

生活

# 二十九

愛恨燒成的
日子
覓尋
適合的對句

黃昏拼圖著
迷走的都市

孤獨的
年輪
出走
自己的人生

沒有人想起
曾流淚的
星星

時間的粉末
井然有序地
存在
季節的
懷裡

# 三十

當我們相遇
愛情有了
不同的詮釋

那些凌亂的言語
在空無一物的心跳
繁殖著

# 三十一

魔幻時刻

已離場

除了滿懷的祝福

無法再喚醒

虛構的

愛情

# 三十二

思念
已深碎
其中的
永恆
一直存在

要通往
真愛之路
很遙遠

誰能見證
我們的相遇

最深的
愛情
無法用
平凡的句子
表達

# 三十三

畫下的句點
存在
美好又感傷的詩

繁星是
我們
每一次
年華的記號

一張張
深深淺淺的情感
屬於
瞬間的快樂幸福

一個又一個
酸甜苦的故事
就落在
我們相連的夢

# 三十四

年老是
漸漸會發生的

偶爾
我也在迷霧中
放任自己

被談論和不被談論
無法平衡的年代
但願我能
沿途留下
清白的證據

# 三十五

雲透過一場雨
弄醒了沉默的街道

語言無法翻譯
短暫蔚藍的天空

我們離夢想
又遠了些

# 三十六

想念
思索著
風來的方向

故事的起點
還原
無人細讀的真相

永恆的等待
頁頁落滿了
愛與希望

# 三十七

浪花是沙灘的
朝朝暮暮

不期然相遇的
愛是
滿滿人海中的
一片深情

# 三十八

冷冷的天氣
心是很暖的
用微笑激發出
希望與勇氣

# 三十九

空氣裡飄著
陽光與花香

我們擁抱
生活中的
每一件事

# 四十

尋找

走失的某些東西

同時也找回

曾經對自己

允諾過的事

我們要快樂

# 四十一

我們的愛
如神話一般遙遠

忘記並非
我們願意
因為我們存在
彼此心中的
空白之處

# 四十二

愛在夢中
漸漸成形

永恆的星辰
悄悄點綴
旅途中的
每一盞燈

流離的故事
穿梭於
雪白的宣紙上

# 四十三

一滴淚織成
無限的思念

八方的風雨
也無從掌握
宿命流年

曾經的
相互盟誓
便向虛空遠去

# 四十四

我們仍在
旅途上

讓每一次心動
不給任何承諾

夢開始的時候
在最近的距離
緊握住
愛與希望

# 四十五

你是
無可預期的
心繫

螢火蟲們
從黑暗中醒來

我的詩成了
有色彩的語詞

# 四十六

夢有些長
月光無聲

我過度記憶
你的往事

閱讀一段
歲月的年輪

丈量你我之間
不算遠的距離

# 四十七

因為愛所以才有思念
我心跳的痕跡歷劫歸來
結痂的傷口再也憶不起
時間曾經走過

星光無語
夢已遠走高飛
春風捎來我們淡忘了的彩虹

在無法邁進的前方
生命美好的樂章
縮短了心與心的距離

# 四十八

離開夢境
回到現實的兩端

最美好的時光
早已疏離
全部的回憶

願淚水喚醒
遠行的自己

讓日子趕得上
不斷行走的思緒

在無法邁進的

前方

成為片斷

成為四處流竄於

一本

無處安放的

意亂情迷

# 四十九

大雪紛飛的夜
微微的星辰
伴著
空洞的時空

一些夢境
沒有離開

這世界
努力過著
鍾愛的日子

沒有多餘的

憂傷

沒有多餘的

遺忘

用越寫越長的詩句

真實對待

每一個明天

# 後記

白天黑夜

不斷輪替更迭的生與死

一直推動著

更明亮的遠方


無論夢想在

哪一片天空下

每個浪漫的夜晚

都有美麗的星光綻放


生活當下的美景

慢慢沖淡許多的遺憾

存在不再穿透絕望

而一直留在過期的感傷裡


謝謝你我的命運

讓我擁有最單純的一生

透過寫作

讓忙碌的生活

一點一點稀釋過去


帶著不規則的美好

走進未來

我沒有過多的理想

只有一點點的堅強

讓每一本書

都能在鼓聲中

可以停靠的地方


往事已漸漸成熟.

日子安逸而每天撐起

蔚藍的天空

活出自己

星星終於點綴

我堅固的歲月

就算是
沒有光的地方
我便想這樣
不由自主地
微微發亮

而四季已走遍
我的每一篇章
我把愛、青春
想念、夢想
生活、化為文字

天空、風景
流動的雲、雨絲
電影、連續劇
在上班時的小情緒
道路上的人事物

瘋自拍的小興奮

夜晚的深深睡眠

一種規律的節奏

好好的走每一步


不必貪心不必急躁

輕輕經過

每一個明天

只要盡力

只要快樂就好


因為每一個人

擁有屬於自己

美好的難忘時光


夢想沒有遺棄過我什麼

當時間過去

我棲身在幸福之中
日常與寫作之間
感到溫暖與滿足


陳綺
寫於二〇一四年春天

讀詩人48　PG1202

 緣起緣滅

| 作　　者 | 陳　綺 |
| 責任編輯 | 林泰宏 |
| 圖文排版 | 高玉菁 |
| 封面設計 | 秦禎翊 |

| 出版策劃 | 釀出版 |
| 製作發行 | 秀威資訊科技股份有限公司 |
| | 114 台北市內湖區瑞光路76巷65號1樓 |
| | 電話：+886-2-2796-3638　傳真：+886-2-2796-1377 |
| | 服務信箱：service@showwe.com.tw |
| | http://www.showwe.com.tw |
| 郵政劃撥 | 19563868　戶名：秀威資訊科技股份有限公司 |
| 展售門市 | 國家書店【松江門市】 |
| | 104 台北市中山區松江路200號1樓 |
| | 電話：+886-2-2518-0207　傳真：+886-2-2518-0778 |
| 網路訂購 | 秀威網路書店：http://www.bodbooks.com.tw |
| | 國家網路書店：http://www.govbooks.com.tw |
| 法律顧問 | 毛國樑　律師 |
| 總 經 銷 | 聯合發行股份有限公司 |
| | 231新北市新店區寶橋路235巷6弄6號4F |
| | 電話：+886-2-2917-8022　傳真：+886-2-2915-6275 |

| 出版日期 | 2014年10月　BOD一版 |
| 定　　價 | 180元 |

國家圖書館出版品預行編目

緣起緣滅 / 陳綺著. -- 一版. -- 臺北市 : 釀出版,
　2014.10
　　　面 ；　公分. -- (讀詩人 ; PG1202)
　BOD版
　ISBN 978-986-5696-35-1 (平裝)


851.486　　　　　　　　　　　103015626

# 讀者回函卡

感謝您購買本書,為提升服務品質,請填妥以下資料,將讀者回函卡直接寄
回或傳真本公司,收到您的寶貴意見後,我們會收藏記錄及檢討,謝謝!
如您需要了解本公司最新出版書目、購書優惠或企劃活動,歡迎您上網查詢
或下載相關資料:http:// www.showwe.com.tw

您購買的書名:_____

出生日期:_____年_____月_____日

學歷:□高中 (含) 以下    □大專    □研究所 (含) 以上

職業:□製造業  □金融業  □資訊業  □軍警  □傳播業  □自由業
　　　□服務業  □公務員  □教職    □學生  □家管    □其它_____

購書地點:□網路書店  □實體書店  □書展  □郵購  □贈閱  □其他
您從何得知本書的消息?

　　□網路書店  □實體書店  □網路搜尋  □電子報  □書訊  □雜誌

　　□傳播媒體  □親友推薦  □網站推薦  □部落格  □其他_____

您對本書的評價:(請填代號  1.非常滿意  2.滿意  3.尚可  4.再改進)

　　封面設計____  版面編排___  內容____  文／譯筆____  價格____

讀完書後您覺得:

　　□很有收穫  □有收穫  □收穫不多  □沒收穫


對我們的建議:_____

_____

_____

_____

11466
台北市內湖區瑞光路 76 巷 65 號 1 樓

**秀威資訊科技股份有限公司** 收

BOD 數位出版事業部

........................................................................................

（請沿線對折寄回，謝謝！）

姓　　名：＿＿＿＿＿＿＿＿＿　年齡：＿＿＿＿　性別：□女　□男

郵遞區號：□□□□□

地　　址：＿＿＿＿＿＿＿＿＿＿＿＿＿＿＿＿＿＿＿＿＿＿

聯絡電話：(日) ＿＿＿＿＿＿＿＿＿　(夜) ＿＿＿＿＿＿＿＿＿

E-mail：＿＿＿＿＿＿＿＿＿＿＿＿＿＿＿＿＿＿＿＿＿